Les Trois Vœux du Peintre

Jibber Jabber

REMERCIEMENTS

Illustrateur : Quynh Rua

Éditeur : Jessie Raymond

Relecteurs : Gwen Peterson, Jenny Dulaney

Traducteurs et correcteurs français:
Jessy Brenda, Rozenn Bouille, anonymous

Un merci spécial à la famille Mitchell.

Il était une fois, dans un royaume lointain, une vieille femme. Cette femme était gentille, mais comme la plupart des personnes gentilles des contes de fées, elle était pauvre. Cependant, elle travaillait dur et économisait le peu d'argent qu'elle pouvait gagner. À la fin de chaque mois, si elle avait assez de pièces, elle s'achetait une friandise : un petit bol de délicieux pudding au chocolat.

Cette femme avait un fils. Quand il travaillait, il était peintre, mais il travaillait rarement, car il était paresseux et égoïste. Il ne vivait pas avec sa mère. Il ne lui rendait visite qu'une fois par mois – à la fin du mois, lorsque sa mère avait acheté le pudding au chocolat. Le peintre venait et demandait un peu de dessert. Sa mère le laissait en manger la plus grande partie, n'en gardant qu'un peu pour elle. Après avoir mangé, le peintre passait la nuit chez sa mère, dormant dans le seul lit, tandis que sa mère dormait dans un hamac. Le lendemain, lorsqu'il partait, il demandait de l'argent à sa mère. Celle-ci lui en donnait un peu, ce qui ne lui laissait que quelques pièces. Il partait et ne revenait qu'à la fin du mois suivant pour recommencer.

Mais un jour, quelque chose changea. À la fin du mois, alors que la vieille femme rentrait chez elle avec le pudding au chocolat qu'elle avait acheté, elle vit une mendiante. Les villageois étaient généralement gentils, mais ils évitaient tous cette mendiante parce qu'elle avait l'air bizarre. La mendiante avait quatre yeux, deux bouches et pas de nez. Lorsque la vieille femme vit que personne n'aiderait la mendiante, elle l'invita à rester chez elle. Dès que son fils vit l'étrange invitée, il dit à sa mère de la mettre à la porte. Les quatre yeux de la mendiante se remplirent de larmes. Sa mère insista pour que l'étrangère reste. Le peintre était contrarié, mais comme ce n'était pas chez lui, il ne pouvait rien y faire. Tout ce qu'il pouvait faire, c'était se plaindre, ce qu'il fit d'ailleurs bruyamment.

Ils prirent tous les trois leur repas du soir. Pendant tout ce temps, le peintre ridiculisa la mendiante et se vanta de son importance. Il allait peindre le portrait d'une duchesse. Bientôt, son travail serait tellement admiré que les rois et les reines lui demanderaient de peindre leurs portraits à leur tour. Après le dîner, au moment de manger le pudding au chocolat, le peintre en prit la plus grande partie. La vieille femme donna à la mendiante ce qui restait et n'eut rien à manger. Au moment de dormir, le peintre dormit sur le lit, la mendiante dans le hamac et la vieille femme par terre. Le lendemain matin, la mère donna de l'argent à son fils et donna à la mendiante les quelques pièces qui lui restaient.

Alors que le peintre restait là à se plaindre, une lumière bleue se mit à briller autour de la mendiante. Elle se transforma en une belle fée dotée de quatre ailes et de deux antennes, mais toujours pas de nez.

La fée s'approcha de la vieille femme et lui dit : « Je suis venue pour t'aider, gentille femme. Je te rendrai tes trois actes de bonté en échange de trois souhaits. Tu m'as donné de la nourriture, un endroit où dormir et de l'argent. Je t'accorderai de la meilleures nourritures, une meilleure maison et plus d'argent. »

« Merci, gentille fée, » dit la vieille femme, « mais ce n'est pas moi qui ai besoin de votre aide. Si vous pouviez aider mon fils, je serais la plus heureuse du monde. »

« Tu es sûre de vouloir offrir tes cadeaux à cette personne ? » demanda la fée.

« Oui, absolument. »

« Très bien. Je ne pense pas que ce soit judicieux, mais tu peux utiliser tes dons comme bon te semble. » La fée se tourna vers le peintre et lui demanda : « Quel souhait voudrais-tu en premier : de la nourriture, une maison ou de l'argent ? »

Le peintre dit qu'il prendrait d'abord la nourriture. Il se plaignit qu'il avait encore faim après le petit déjeuner maigre que sa mère lui avait donné. La fée tendit une graine au peintre.

« Prends cette graine et plante-la dans la cour. Pendant sept jours, tu devras arroser le sol et arracher toutes les mauvaises herbes. Si tu fais cela, un arbre poussera. Cet arbre produira à la fois des pommes rouges et des poires dorées. Une pomme rouge suffit à rassasier une personne affamée pendant toute une semaine. Cependant, personne ne doit manger les poires dorées. Quiconque prend une bouchée de la poire aura instantanément le visage d'un animal, et l'arbre tout entier se flétrira et ne produira plus jamais de fruits. »

Après avoir promis de revenir quand on aurait besoin d'elle, la fée disparut dans un nuage de confettis bleus. Le peintre paresseux n'avait pas l'intention de s'occuper d'un arbre. Il remit la graine à sa mère et partit. Sa mère planta la graine et, pendant sept jours, elle l'arrosa et arracha les mauvaises herbes.

Au bout des sept jours, elle sortit dans sa cour et vit un arbre enchanté avec des pommes rouges et des poires dorées. Chaque fois que la vieille femme avait faim, elle mangeait une pomme et était rassasiée pendant toute une semaine. La vieille femme donna aussi quelques pommes à ses voisins, mais elle prit soin de ne jamais manger ou donner les poires.

À la fin du mois, la vieille femme acheta un petit bol de pudding au chocolat. Le peintre arriva chez elle comme d'habitude. Alors que le peintre et sa mère mangeaient chacun une pomme pour le dîner, il se plaignit que la duchesse refusait d'acheter le portrait d'elle qu'il avait peint. Elle avait critiqué son travail, le qualifiant de médiocre, alors qu'il avait passé près de deux heures à le peindre.

Après le dîner, le peintre mangea la plus grande partie du pudding au chocolat, n'en laissant qu'un peu à sa mère. Pendant qu'ils mangeaient, sa mère lui dit que les pommes magiques avaient fonctionné. Elle et ses voisins n'avaient plus jamais faim. Le peintre ne fit que se plaindre. Elle ne devait pas partager les pommes, disait-il, car c'était son arbre et non le sien.

La nuit, la mère dormait profondément dans le hamac, mais le peintre ne pouvait pas dormir, même s'il était allongé dans un lit confortable. Il était toujours en colère contre la duchesse. Il resta éveillé, se retournant dans son lit, jusqu'à ce qu'il trouve un plan. Il gloussa en pensant à son idée ingénieuse et s'endormit.

Le lendemain matin, après que sa mère lui eut donné de l'argent, il se faufila dans la cour et cueillit une poire sur l'arbre. Il se rendit au château de la duchesse. Il a lui dit qu'il avait un cadeau pour elle, pour s'excuser de son travail médiocre. La duchesse dit qu'elle ne voulait pas de cadeau, mais le peintre insista. Il lui tendit la poire dorée. Dès que la duchesse en prit une bouchée, l'arbre qui produisait les pommes et les poires se flétrit et le visage de la duchesse devint celui d'un morse.

La duchesse fut horrifiée. Avoir le visage d'un morse serait acceptable si elle était mariée, mais elle n'avait pas encore de mari. Qui l'épouserait maintenant ? Le peintre lui suggéra alors d'acheter son portrait. Elle pourrait s'en servir pour tromper d'éventuels prétendants. La duchesse ne savait pas quoi faire d'autre. Elle avait trop peur de faire peindre son portrait par un autre peintre. Elle ne voulait pas que quelqu'un d'autre la voie, car la rumeur aurait pu courir qu'elle avait le visage d'un morse. La duchesse acheta donc le portrait cinq fois le prix initial et l'envoya au prince du château d'ivoire. Le prince vit son portrait, la trouva belle et accepta de se marier sans même l'avoir rencontrée. Imaginez sa surprise au mariage, lorsqu'il souleva le voile et découvrit qu'il s'était marié à une femme au visage de morse.

Le prince était furieux de cette terrible supercherie. Telle était sa furie qu'il envoya des gardes à la poursuite du peintre. Les gardes l'emmenèrent au château d'ivoire pour qu'il se présente devant le prince et sa femme à tête de morse. Le prince ordonna que le peintre soit emprisonné pour le reste de sa vie. Le peintre fut enfermé dans une pièce située au sommet d'une tour d'ivoire. Il fallait monter mille marches pour l'atteindre et en descendre deux mille. Il n'y avait aucun moyen pour le peintre de s'échapper, du moins c'était ce qu'il pensait.

Bien que le peintre fût en prison, le prince permit à sa mère de lui rendre visite. Comme c'était la fin du mois, elle apporta un petit bol de pudding au chocolat. Elle monta les mille marches en soufflant et en haletant, et rejoignit enfin son fils. Celui-ci mangea la plus grande partie du pudding, n'en laissant qu'un peu à sa mère. Celle-ci était désemparée à l'idée que son fils reste enfermé pour le reste de sa vie. Le peintre était également contrarié et ne manqua pas de se plaindre bruyamment.

« Je ne peux pas passer le reste de ma vie dans cette tour d'ivoire ! Ce n'est pas une maison ! J'exige un meilleur endroit pour vivre ! »

Soudain, il y eut un nuage de confettis bleus, et la fée apparut.

« Veux-tu faire un autre vœu ? » demanda la fée. « Veux-tu faire un vœu pour avoir une meilleure maison ? »

« Oui, si cela me permet de sortir d'ici » dit le peintre.

La fée donna un rouet au peintre et lui dit : « Tu dois faire tourner ce rouet pendant sept jours. Au bout de sept jours, tu fabriqueras un tapis volant magique. Le tapis te demandera si tu veux aller dans une maison en pierre ou dans une maison en diamant. Tu devras répondre : « Conduis-moi à la maison de pierre. » Ne sois pas avide et ne demande pas la maison de diamants. Demande la maison de pierre, et cette maison sera la tienne. Tu vivras une vie confortable dans une maison confortable. »

Puis la fée disparut dans un nuage de confettis bleus. Le peintre refusa de travailler au rouet. La vieille femme voulait que son fils sorte de prison, alors elle emporta le rouet avec elle, soufflant et haletant en descendant les deux mille marches. Pendant sept jours, elle fit tourner le rouet et fabriqua un tapis volant magique. Le huitième jour, elle le porta le long des mille marches de la tour d'ivoire jusqu'à son fils, car il lui avait interdit de voler dessus. Il devait être le premier à l'utiliser. C'était son cadeau après tout.

« Tu veux aller dans la maison en pierre ou dans la maison en diamant ? » demanda le tapis au peintre.

Le peintre, avide, répondit : « Emmène-moi dans la maison de diamants ! »

Il sauta sur le tapis et s'envola, laissant sa mère descendre les deux mille marches et retourner dans son humble chaumière. Le tapis emmena le peintre dans une maison entièrement faite de diamants. Après l'avoir déposé à la porte des diamants, le tapis s'envola. La maison était immense ! En fait, tout était immense ! À l'intérieur de la maison, il y avait une immense table faite de diamants, une immense chaise faite de diamants, et même une immense boîte à bijoux faite de diamants qui contenait encore plus de diamants ! Le peintre passa la nuit dans l'immense lit de diamants, qui était étonnamment confortable, et s'endormit.

Le lendemain matin, il fut réveillé par une géante en colère. Cette maison de diamants appartenait à la géante, et elle était furieuse que quelqu'un soit venu dormir dans son lit de diamants. Elle jeta le peintre dehors et claqua la grande porte en diamant. Le peintre appela le tapis volant, mais il ne revint pas, et il entreprit de retourner à la maison de sa mère. Lorsqu'il l'atteignit, c'était la fin du mois. Le peintre mangea la plus grande partie du pudding au chocolat de sa mère, ne lui en laissant qu'un peu.

Heureusement, le peintre trouva du travail. Le roi lui avait dit qu'il le paierait pour peindre les portraits de ses deux filles. L'aînée avait 22 ans et la cadette 21 ans. Elles auraient dû être mariées depuis des années et étaient bien trop âgées pour être encore célibataires, mais le roi était trop occupé pour les marier. Il décida donc que de beaux portraits permettraient d'attirer des prétendants potentiels.

Le peintre commença à travailler, ce qui était à la fois facile et difficile selon la fille qu'il peignait. La fille aînée était arrogante, grossière et condescendante. Elle traitait le peintre de tous les noms et se moquait de lui parce qu'il était pauvre. Elle était riche, épouserait quelqu'un de riche, aurait des enfants riches et un chat riche, et vivrait une vie riche, alors que lui était pauvre et que personne ne voudrait jamais l'épouser.

La fille cadette était gentille avec le peintre, car elle traitait tout le monde avec gentillesse. Un jour, alors qu'il peignait le portrait de la jeune princesse, le cœur de celle-ci sembla battre un peu plus vite et s'arrêter en même temps. Son cœur était lourd, mais son corps était léger comme une plume. Elle avait mal à l'estomac, mais celui-ci semblait également rempli de papillons. Comme elle n'était pas malade, cela ne pouvait signifier qu'une chose : elle se rendit compte qu'elle devait être amoureuse du peintre. Elle le lui dit et le peintre, voyant sa beauté et sa richesse, lui dit qu'il était amoureux d'elle aussi et lui promit de l'épouser. La princesse était ravie ! Elle demanda à son père si elle pouvait épouser le peintre. Le roi lui répondit qu'elle pouvait se marier avec qui elle voulait à condition que son prétendant soit riche et qu'il puisse offrir au roi une grosse somme d'argent.

Bien sûr, le peintre n'était pas riche, alors après avoir terminé leurs portraits, il reçut ses honoraires et fut renvoyé. Une fois que le peintre eut dépensé son argent, ce qui ne prit pas beaucoup de temps, il retourna chez sa mère. Comme c'était encore la fin du mois, le peintre mangea la plus grande partie du pudding au chocolat, comme d'habitude, et n'en laissa qu'un peu à sa mère. Il a dit qu'il avait besoin d'argent pour épouser une princesse. Sa mère lui offrit tout ce qu'elle avait, mais cela ne suffisait pas.

Le peintre remarqua un nuage de confettis bleus. La fée réapparut et demanda au peintre s'il voulait utiliser son troisième vœu, celui de l'argent. Le peintre était plus qu'heureux d'utiliser son troisième vœu, et la fée lui donna un grand sac. Il ouvrit le grand sac et une poule gloussant en sortit, manquant de lui picorer le nez.

« Tu dois nourrir la poule et faire gonfler ses plumes tous les jours pendant sept jours. Ensuite, chaque fois que tu voudras de l'argent, dis à la poule de pondre un œuf », lui dit la fée.

« Tout ce que j'obtiens, c'est un œuf ? », se plaignit le peintre.

« Pas n'importe quel œuf, un œuf doré. La poule pondra autant d'œufs d'or que tu le souhaiteras, mais à une condition : tu dois utiliser ton argent pour épouser la jeune princesse. Si tu romps la promesse que tu lui as faite et que tu en épouses une autre, la poule ne pondra plus d'œufs d'or, et tout l'or qu'elle aura fabriqué partira en poussière. »

Comme vous pouvez probablement le deviner, le peintre n'allait pas s'occuper d'une poule. Il laissa cette tâche à sa mère. Chaque jour, sa mère nourrissait la poule et gonflée ses plumes. Au bout de sept jours, le peintre revint. La poule pondait des œufs dorés. Le peintre ordonna à la poule de continuer à pondre des œufs, jusqu'à ce que toute la chaumière en soit remplie.

Le peintre alla voir le roi. Il avait maintenant assez d'argent pour épouser une princesse. Le roi appela ses deux filles et demanda au peintre laquelle il voulait épouser. La plus jeune fille était si heureuse de le voir. L'aînée était également heureuse. Elle était beaucoup plus amicale depuis qu'il était riche. La fille aînée déclara qu'il serait agréable de l'épouser.

Le peintre, heureux d'avoir deux choix au lieu d'un seul, dit qu'il avait besoin d'un jour pour y réfléchir. Il rentra chez lui et sa mère le supplia d'épouser la fille cadette, faute de quoi ils perdraient tout l'or. Le peintre pensa que c'était une sage décision, mais il ne voulut pas l'admettre. Il n'aimait pas qu'on lui dise ce qu'il devait faire. Il était contrarié par le fait que la fée lui donnait toujours deux choix, alors qu'en réalité il n'y en avait qu'un seul. Cette nuit-là, alors qu'il était allongé dans le lit confortable de sa mère, il conçut ce qu'il pensait être une idée intelligente. S'il choisissait la fille aînée, tout son or disparaîtrait, mais il serait marié à une princesse. Le roi était riche et leur fournirait de l'argent et tous les autres luxes qu'ils souhaiteraient. De plus, l'aînée était plus jolie.

Le peintre décida d'épouser la fille aînée. La jeune sœur eut le cœur brisé. Le peintre donna au roi un coffre rempli d'œufs d'or en guise de paiement de la dot. La semaine suivante, le peintre épousa la princesse aînée, et la princesse cadette fut mariée à quelqu'un d'autre, moins riche mais bien moins égoïste que le peintre. Le lendemain du mariage, le roi ouvrit le coffre aux œufs d'or pour découvrir que tout l'or était devenu poussière. De même, tout l'or que possédait le peintre s'était transformé en poussière.

La fille aînée pleura. Même si elle savait que son père subviendrait à leurs besoins, elle avait l'impression de vivre dans la pauvreté par rapport à la richesse qu'elle aurait pu avoir. C'était son pire cauchemar : maintenant, elle était pauvre, elle aurait des enfants pauvres et un chat pauvre, et elle vivrait une vie pauvre. Lorsque le peintre rit et se moqua d'elle, sa misère se transforma en colère. Elle retourna en courant chez son père et demanda à se venger du peintre. Le roi promulgua un décret autorisant quiconque à provoquer le peintre en duel pour avoir humilié la princesse. Si le peintre refusait de se battre, il serait immédiatement mis à mort.

Tout le monde entendit la proclamation, y compris le prince du château d'ivoire. Il n'avait pas oublié le peintre et était déterminé à ce qu'il n'échappe pas au châtiment cette fois-ci. Il défia le peintre en duel et ce dernier n'eut d'autre choix que d'accepter. Tôt le matin, ils croisèrent leurs épées et se battirent. Le prince s'élança et enfonça son épée dans le cœur du peintre, le tuant sur le coup. La princesse aînée était satisfaite. Elle se mit alors à la recherche d'un autre mari, et le prince du château d'ivoire retourna chez lui auprès de sa femme au visage de morse.

La mère du peintre était triste, car elle aimait beaucoup son fils.
Elle se réjouissait cependant d'une chose. À la fin du mois,
lorsqu'elle achetait son pudding au chocolat, elle pouvait enfin tout
le manger toute seule.

La fin

 La narration du livre est disponible ici !

https://jibberjabberblog.blogspot.com/2023/11/video-tp3w.html

Vous pouvez télécharger des marque-pages gratuits ici !

https://jibberjabberblog.blogspot.com/2023/11/extras-tp3w.html

www.ingramcontent.com/pod-product-compliance
Lightning Source LLC
Chambersburg PA
CBRC092146180726
48295CB00008B/124